U0057449

我佇黃昏的水邊等你

顧德莎

顧德莎

目錄

【推薦】用婧氣的臺語寫出詩的春天 011
——讀顧德莎臺語詩集《我佇黃昏的水邊等你》
◎向陽
《我佇黃昏的水邊等你》創作理念 019
——為臺語斷層的一代寫詩 ◎顧德莎

輯一 025

見笑草 027
到手芳 028
刺查某 029
烏子仔菜 030
牽牛花 031
雞髻花 032
圓仔花 033
蓬鬆花 034

抾花留芳（熱天的雞卵花） 035
油桐花 036

輯二 037

尾蝶仔 039
我佇黃昏的水邊等你 040
看雲 042
陪我 043
蜘蛛 044
讀詩 045

輯三 047

浪淘沙 049
看日頭落海 050
海上書 052
海鳥 054
海湧用舌寫歌譜 056
雲像海湧 058

寫蹛水邊的批 060
落落水面的花 062
燭仔花 064
所有的蓮花攏佇暗暝離開水埤 065
無名草 066
雨停，聽雲 068
古井的心事 070
秋雨的山頭 071

輯四 073

陶埕花開 075
將軍棉 076
棉花的祝福 078
冬節，寒未到 080
你是阮的春天 081
畫梔子花 082
無色之花 084
無言花 085

落雨天最後一蕊七里香 086
熱天 088
鳳凰花 090
燈仔花 092
懸山之花 094
一欉開花的樹仔 095
水照花影 096
花開的聲音 097

輯五 099

佮死神行棋之一 101
佮死神行棋之二 103
浮塵眾生 104
坐看雲 106
老梅開新花 107
佇夢中跳舞 108
好日子 110

輯六 113

回鄉 115
雲水做伴向海行 116
嘉義城 119
春天行到八掌溪 120
割稻仔敬天 122
田水等雲來照鏡 124
柑仔園的勞動者 126
挽茶 128
九畹溪綠茶 130
臺灣烏龍茶 132
用茶交陪 134
寂寞的鳥仔 136
敢會落雨？ 138
洘旱的祈禱 140
黃昏雨 142
鰲鼓溼地 144
北港鐵橋 145

輯七 147

樹的哀歌 149
柴門 152
老厝 154
落葉的願望 156
戲臺人生 158
翕相 160
萬物皆同 162
綴阿母去菜市仔 164
火師的剪粘 168
六月雪 170
祝英台的藥方 174
情人節的糖仔 176

輯八 177

等花開 179
露螺 180
花片像弓鞋 181

透早的雲 182
石卦 183
光用暗影寫字 184
水聲 185

輯九 187

玫瑰 189
白鷺橋新詠 190
雨聲伴讀冊聲 191
浮雲散 192
瓊花 193
等花開 194

後記 195
歌譜 197

【推薦】

用媠氣的臺語寫出詩的春天——讀顧德莎臺語詩集《我佇黃昏的水邊等你》

◎向陽

顧德莎開始用臺語寫詩，是這兩三年的代誌。照伊的講法，伊自細漢就蹛佇臺語生猛的菜市仔邊，讀小學三年了後搬去眷村蹛，改用華語腔口講話，一直到出社會來臺北做工課，才因為去卡拉 OK 唱歌的關係，發現臺語的媠氣，行轉來學習臺語文的路頭。到了 2015 年，伊參加「梅山文學營」，受著路寒袖、林沉默的指導，寫出第一篇作品〈返鄉〉；2016 年，伊佮朋友共組「臺文讀冊會」，認真唸讀林央敏的詩集《胭脂淚》、小說《菩提相思經》，那讀那唸，那來那對臺語寫作有趣味，嘛按呢開始認真臺語詩的創作。

雖然寫作的時間無長，毋過顧德莎的臺語詩卻是真幼路，真有看頭。這本《我佇黃昏的水邊等你》就是伊兩三冬來創作成果的總展現，佇這本詩集內底，伊寫花草、寫感情、寫病疼、寫土地、寫眾生，透過無相仝的角度，用詩的語言描寫伊的感觸、伊的心情，遮的詩篇總數有九十外首，可見伊創作誠勤，才情誠懸，才有法度寫出遮爾濟好作品。

顧德莎的臺語詩，參濟濟臺語詩人無仝的，是伊誠愛「拈花惹草」。這本詩集內底寫花的詩作，自頭到尾有袂少篇，「輯一」攏寫花草，「輯四」嘛攏是花，另外每輯嘛濟少會當看著花的形影。這是顧德莎詩篇的特色之一，自來臺語詩人多數用現實主義的技巧表現社會真實，像伊按呢愛花、看花、寫花的詩人無濟，像伊按呢共每伊蕊花的色水攏表現出來的詩嘛無濟。就像〈花開的聲音〉這首詩寫的：

每一蕊花攏有伊的色水
每一種色水，攏是春天
等下一陣風來
擛頭，徛出來

伊將各種花寫落去詩內底，毋管普通抑奇巧，見笑草、刺查某、蓬鬆花、油桐花、燭仔花、將軍棉、七里香、瓊花……，攏寫出無仝的色水佮姿勢，予人讀著心適、快活，嘛會鼻著花的芳味，看著臺語詩的春天。

因為受著臺語流行歌詞的啟示，加上顧德莎這三年來全心唸讀臺語作品的關係，對臺語聲調變化的體會愈深，對音樂性的把握愈強，伊有誠濟詩宛然是歌，誠適合唸讀，嘛會當譜曲做歌。紲手舉這首〈無言花〉做例：

將欲寫的批，掛佇樹椏
一萬字會使編做幾首詩？
幾首詩會使代替
無寫出來的字？
寫佇樹頂的字
會恬恬飛落塗跤
有人看過
無人讀過
仝款葬做伙

一堆字的屍體

花佇樹頂哵人目
花落樹跤隨人踢
自頭至尾
無聲無說

這首詩押韻誠自然，換韻誠媠氣，「批」（phue）、「椏」（ue）、「替」（thuè）、「過」（kuè）、「伙」（hué）「尾」（bué）、「說」（sueh），攏壓「ue」的主韻，「體」（thé）精差無偌濟，整體唸出來有輕聲細說的感覺佮情境；主韻中間安插次韻，「字」（jī）佮「詩」（si）用「i」韻，「目」（bàk）佮「踢」（that）用近倚的「a」韻，互相交插、應聲，成做一篇動人的歌詩。這是顧德莎佇這本詩集內底用情用心上濟的所在，這類的詩有袂少，親像〈蓬鬆花〉、〈看雲〉、〈讀詩〉、〈寫踮水邊的批〉、〈落落水面的花〉、〈燭仔花〉、〈花開的聲音〉、〈水照花影〉……等等攏是佳篇。

寫花、寫雲、寫詩以外，顧德莎嘛寫病疼佮人生世事。〈佮死神行棋〉有兩篇，一篇用「圍棋」來比喻佇陰陽對決崁站的病人無依偎的疼，一篇用「象棋」來比喻病中想盡辦法共死神車拚的意志。兩篇相對照，會予你看著詩人參破生死的生命觀點。〈浮塵眾生〉寫伊踮病房看落雨天的窗仔外的覺悟，窗外窗內攏是「勞苦」，親像「一粒浮塵　暫歇／往東往西　等神決定」，詩的尾段「向望浮塵／會使起身／回轉大地／完成一生」，寫出看破生死無常的哲理。閣較深刻的，是這首〈好日子〉：

你問我最近好無？
無畫圖讀冊
每工食飯啉茶
佇窗內看雲搬戲
無想將來，過去

時常一个人
綴一蕊雲

佇山路趖來趖去

雲軁過竹葉

向海的方向飛去

我的路彎彎斡斡

袂記得終點佇佗位

我誠好，免掛意

每工攏是好日子

看雲

聽雨

等暗暝

這是參破病疼，對人生徹底開破之詩。「每工食飯啉茶／佇窗內看雲搬戲／無想將來，過去」是一款看破生死、自得其樂的生命態度；「雲軁過竹葉／向海的方向飛去／我的路彎彎斡斡／袂記得終點佇佗位」，有王維「行到水窮處，坐看雲起時」，對應人生彎斡，無所驚惶的開闊；尾句「看雲／聽雨／等暗暝」特別精彩，人生的路途行到遮，已經是順其自然、順天應命的代誌。

誠歡喜會當代先拜讀顧德莎的這本詩集。我和伊初見，是佇臺北齊東詩舍，2014 年中秋前一工，彼工有我的新詩講座，每禮拜一擺，前後四禮拜，伊總是按時來聽，我講新詩內底的臺灣想像、講詩的四个特性，毋知對伊後來寫詩有幫贊無？總是後來就看著伊寫的臺語詩作，愈寫愈猛，便寫便好。伊的臺語詩集《我佇黃昏的水邊等你》得著國藝會的獎助，會使得出版，這是誠無簡單的代誌，我讀伊的近百首的詩，感覺會著伊對臺語詩的深情，伊的詩毋但是講究臺語用字、用詞，而且注重詩的語言、技巧參情境。這本詩集親像開佇臺灣土地面頂的花蕊，用婧氣的臺語寫出詩的春天。

《我佇黃昏的水邊等你》創作理念
——為臺語斷層的一代寫詩

◎顧德莎

臺語，咱這一代強欲袂記得、我的囝囝聽囥臆，袂曉講，我的孫差不多攏聽無，一種可能會消失的母語。

小學三年仔進前，我蹛臺語生猛活潑的菜市仔邊，搬來眷村了後，華語是主要的語言，來自五湖四海的軍人，為著欲予對方聽有家己的意思，嘛改變家己原本的腔口，認真學「北京話」。

文字紀錄語言，是文化的載體，咱慣勢用華語思考，嘛用華語寫字。卒業食頭路，客人、福佬人、原住民攏用華語接接，生活上，囡仔用學校教的華語佮厝內的人講話，除了少數意識較強的爸母會要求囡仔佇厝裡講母語，大部份的人為著方便，嘛恬恬接受語言的統一。

出社會，臺北的工作環境攏 講「國語」，後來卡拉 OK 興起，才發現「臺語」真濟攏覕佇歌詞內底。

「臺語歌」變做我行回臺語的路線。

詩人路寒袖寫的「畫眉」、吳念真寫的「桂花巷」予我看著臺語文學的婧，產生欣羡的心情，毋過毋敢行倚去。

2015 年，參加「梅山基金會」舉辦的文學營，臺語詩人作家路寒袖、林沉默是指導老師，會後我寫一首臺語詩交出去，送予蹛佇梅山的老朋友。

〈返鄉〉

山路坎坎坷坷[1]
跤步[2]起起落落
盤過山　盤過嶺
遠遠山頭的[3]厝瓦
阮的老厝踮佇遐

1　坎坎坷坷：原用字為「坎坎嶇嶇」。

2　跤步：原用字為「腳步」。

3　的：原用字為「兮」。

無論離鄉有偌[4]遠

無論山路偌歹行

我總是愛轉來遮

轉來遮

聽溪水嘻嘩流過

看野薑花恬恬[5]吐氣

阮喘氣有花的芳味[6]

阮流的汗水有溪水的清甜

短短的十三逝，因為心有所感，寫出來若像無外困難，困難的是「字」，用借音的方法，寫了煞感覺誠心虛。

2016年，我邀請幾位朋友，做伙組「臺文讀冊會」，佇臺北讀「胭脂淚」，佇嘉義讀「菩提相思經」，攏是老朋友林央敏的作品，我想欲借接力口讀的

---

4 偌：原用字為「外」。

5 恬恬：原用字為「惦惦」。

6 芳味：原用字為「香味」。

方式讀完整的長篇，研究用臺語「講故事」的技巧，嘛向望對長篇作品複雜的人物描寫佮對話，學著「有臺語、有文學」的寫作能力。

讀冊會那進行，我嘛那開始臺語詩的創作，期待自己的學習閣較有效率。

開始寫臺文的挑戰，代先愛面對的是按怎正確用字？教育部有頒發辭典會使查，毋過我講的臺語真濟是「半精肥」，無法度正確發音，就無法度「用音揣字」，這是學寫的過程中一再拄著的阻礙，好佳哉佇網路頂懸臺語的先生真濟，嘛真熱心，攏會佇路過我的面冊的時陣，伸手牽教一下、提醒一下，這按呢予我勇氣百倍，抗（khàng）過大粒石頭了後，目睭前已經是鴨蛋石路，有大有細的石頭，毋過已經袂尖銳鑿跤，有伴相扶持，嘛就戇戇直步一直向前囉。

寫臺語詩了後，發現臺語因為有八音，有一種自然的音樂性，這種音樂性愛透過朗誦才有法度表達，所以我佇每改演講的時陣，就共寫好的作品朗誦出來，發現聽無臺語的人嘛會使對聲調中感受詩欲表達的情感，有時陣我嘛會請熟似的臺文前輩共我的詩朗誦出來，錄音傳予我，予我調整家己的發音，這予我嘛有想欲創作一本有聲臺語詩的念頭。

進前為著推捒文學，我佇「嘉義市社區大學」開設「影像詩創作」的課程，一禮拜兩點鐘分享經典作品、佮同學進行創作討論，一路悉往臺語文創作的路上。《我佇黃昏的水邊等你》是悉同學去臺南安南區臺江洋拜訪詩人黃徙，面對江洋黃昏有感寫的詩，題名予毋捌臺語的人嘛看有，內文攏是真好認捌的字。這是我現階段拍拚的目標，共閣較濟人悉來這條路，欣賞臺語文美麗的風景。

【輯一】

見笑草

因為占著你的路，誠歹勢，
趕緊合起來，讓你過
愛細膩，阮有刺
袂使相創治
野花嘛是有志氣

見笑草（臺灣話：kiàn-siàu-tsháu）的葉仔受到外力觸著若像驚歹勢會合起來，開粉紅色的花，梗頂懸有幼幼的刺。

到手芳

種一欉到手芳
蹛廚房
若是火傷著
搥汁糊，就清涼

種一欉蹛花盆
想著阿母的時陣
伸手摸
倒手嘛芳，正手嘛芳

到手芳又名「過手芳」，中醫藥典稱為「藿香」，原產地佇印度，葉仔生做真厚，有真強烈的芳氣，會使改善皮膚癢、燙傷。

刺查某

尾蝶有翼四界去
刺查某無跤行無位
伸手黏人衫裾尾
無翼嘛欲飛過溪

經過鬼針草的身旁，無小心就黏一身軀的鬼針，這種植物生命力真強，鬼針是 in 的種子，會借人的徙動將種子𤆬去別位，擴張生存的地盤。

烏子仔菜

土地公來創治
開白花結烏子
囡仔挽子食喙甜
大人挽葉炒薑絲

細漢時陣的野花草，漸漸失去伊的土地，用筆記落來，為愈來愈遠的少年日子重描一筆。

牽牛花

早時開

暗時鎖

叫你牽牛你聽無

抛藤牽根四界趖

牽牛花四界抛藤，竹籬仔、塗跤、閣會爬樹，一年通天攏會開花，是囝仔時陣記持的主角。

雞髻花

雞母孵卵驚人揣
雞公愛婧頭戴花
雞母雞公愛傳家
敬神插花免刣雞

細漢的時陣看足濟人家的厝跤，攏會種雞髻花，研究民俗才知影，雞髻花有「加冠」的意思，所以拜拜的花束嘛定定有雞髻花。

圓仔花

圓仔花毋知穤
紅花穤毋知
其實，是逐家誤解

圓仔花圓　圓　圓
年年結百子
子落塗，閣湠生
紅花好色緻

厝跤發一片（phìnn）
鉸來敬神表心意
向望大吉利
新春祝團圓

蓬鬆花

共家己變作雲
覕起來
等風來

風來
悉我去
遠遠的所在
伊佇遐等待
等雲來

等雲來
雲來　花開
春天佇相拄的所在

小金英開黃色的花，花謝了後，便做一蕊一蕊若像雲的蓬鬆花，風吹就飛。

抾花留芳（熱天的雞卵花）

春天激好的芳味
跋落熱天的路面
啥人細膩抾起來
就用最後一點仔氣絲
報恩

俗稱「雞卵花」的緬梔花，是臺灣四常看著的花。因花蕊外白內黃，親像雞卵，每年 3-9 月開花，花落落塗跤若抾起來用水飼咧，會閣芳幾落工。

油桐花

桃仔城不止開桃花
百花順時換衫閣換鞋
油桐五月會落雪
日頭曝久落甲規四界

風載雲來相揣
油桐花歡喜飀飀飛
排字囥水底　鋪草坪
請逐家來樹跤啉茶

崁邊
一欉山芙蓉
花　猶未醒

嘉義市東邊的圓林仔社區，原本是一個山丘，山丘有誠濟油桐花，每年五月白色的油桐花就會開，看起來若像山頭積雪。油桐花風吹就落規塗跤，若像落雪。

【輯二】

尾蝶仔

你愛我咒誓
愛你了後，就袂使愛誰
毋過，愛人啊！
這个世界遮呢仔媠
除了百合　我也佮意玫瑰

阮毋免爭論藏踮心內上深的彼座樹林仔
你從來毋捌去過的蓊蓊密密滿地青苔，暗暝有
發出閃光的草菇不斷寫著甜言蜜語的私境
我猶袂問你三千青絲內底藏的彼幅
用殕（phú）色的線畫的草蛇伏行規千里毋肯猶毋甘拊
去的暗語

愛情有世界最神秘的鼻覺
准講我干焦鼻著你的芳氣
按呢，我一定辜負了誠濟花蕊

殕（phú）色：灰色。

我佇黃昏的水邊等你

我佇水邊等你
佇黃昏的水邊
等你自東向西
盤山過嶺
跤跡一步一步行向大海

你一分一寸暗落去
惜別的話含佇喙內
毋敢講
只好伸手
一筆一劃借水寫字

水鴨對草裡泅出
啄破安慰的話語
阮冷冷看雲滿面含笑意

請風寄詩

寫字不如送胭脂

臺江泮的黃昏日頭照水金爍爍，親像佇水面寫字，黃昏時，天頂紅霞變化萬千，親像替水埤抹胭脂。

看雲

徛踮你的身邊，看雲
被風捲起來的雲
懸懸低低，有時近有時遠

你的心肝底是毋是
猶有一蕊雲
親像按呢，飛來飛去
無定時，飛入你的目睭
滾攪變幻，共你創治

我恬恬看你
親像一粒山
等你看雲煞
越頭，看我

陪我

陪我
坐蹛落葉頂面
陪我
聽風輕輕
看日光
佇壁面
佇樹跤
畫冬天的痕跡

陪我
學樹葉聽風聲
陪我
攑頭揣鳥仔唱歌
陪我
學風佮光做伴

蜘蛛

偷偷拍開門縫
跕跤揣你的筆跡
偷學你寫字
將絲牽做詩
掛佇天棚
毋閣有一字攏寫袂婧
只好牽出一个八卦
將家己關佇中央
等你轉來
解開

讀詩

逐工寫一首詩，貼蹛窗仔門
等雲
好天時，雲來讀字
閣再恬恬離開
雲毋捌，每一字藏的相思

風吹的時
換雲寫字，將無盡的心意
寄天
字飛來飛去
窗仔門讀無飛出框外
彼句上重要的字

面冊是窗仔，每工佇頂懸貼詩，有人看有，有人看無。不管看有看無，寫了，就無心事。

【輯三】

浪淘沙

海予風搧動
變作一景一景的湧
捏湧做白色的膨景
予沙埔做新娘裙

沙被湧駛弄
一粒一粒鑽入海底
海水鹹澀歹鬥陣
欲回海岸無路通行

看日頭落海

目睭看著伊的時陣
四箍輾轉有四級的風
我的胸坎拍鼓
是三級的地動
若是欲將風押落來
就需要專一的眼神
胸坎倚佇消退波浪的石鼓
綴海唱歌

趁日頭猶未沉落
目睭金金看
看海一景一景
捏光做金色的衫
用紅色日頭
做鈕釦
共海佮天鈕做伙
按呢就毋免咒誓

海上書

不能言說
關係著過去佮未來
唯有今日，認真看
深深的一橫、一撇、一點
摸著水紋的深淺
猜測講佮寫之間微妙的差別

我以字代言，寫甲心驚胆嚇
為避免講了傷淺薄
希望筆意隨心
但是，想欲掩崁的白賊話
佇字的收尾
驚惶的必痕
是毋敢承認的
空喙，絲線一般

是往日，未斷
今日，猶原觸纏（tak-tînn）

必痕 pit-hûn—裂痕。
空喙 khang-chhùi—傷口。
觸纏 tak-tî^{n}—糾纏。

海鳥

將熱噗噗的日頭光啄（tok）落來
鋪佇冷冷的海面
冷冷的海，焐出燒燒的心
予水底彼隻鳥仔知影
彼點點仔無講出喙
愛惜的心情

恁敢是前世袂記得
飛去天頂的雲
只好蹛佇海邊
用喙做漁網
規工等魚仔探頭出水面
恁毋敢飛遠
恐驚若飛向日頭的故鄉
會熔（iûnn）做一蕊火焰
跋落海

恁是毋是半暝
日頭落海了後
飛去天頂
佮雲相認

是毋是知影
水底的影恬恬咧等
日頭出來的時，恁就緊飛轉來？

海湧用舌寫歌譜

逐工來唱歌
唱予石頭聽
唱出溫柔的歌聲

恐驚石頭歹記持
海湧不三時
peh 上岸
來石頭耳空邊
咒誓

海湧用舌寫歌譜
送予石頭做憑記
咒誓海水永遠袂焦
愛石頭嘛袂使爛

海佮石將決心刻出一堆砂

留踮海岸
綴海湧揀來揀去
彈奏戀歌
月光時
斟酌聽
進前一句　煞
……退後一句……煞

雲像海湧

雨是熱天的跤步
走走，停停
我想你的心情
是天頂滾絞的雲
猶未落落海底的湧

毋是無惜
一路陪伴的情份
只是命底愛流浪
毋敢允你
只好無相辭
像雲飛去海面

思念是沉重的行李
那行那重
只好送予海，做湧
拍去沙埔，洗憂愁

寫蹛水邊的批

用雨水寫批
思念佇烏陰天湠生
一步一寸
愈湠愈遠

攑頭，看
天邊的雲
五彩變化
焐燒潭水冰冷的表情
日月有（iú）信
逐工來水岸
風雲有（ū）情
早暗來做伴

遠行的人
攏無寄話

湠生的青苔有淺淺

淺淺的根

毋敢寫傷深的

怨恨

落落水面的花

你是對天頂飛落來
佮我相認的過去
彼時
你用詩的字點醒濁的溪水
點光日頭落山的暗暝
你看我的目睭
嘛親像天星
你的笑容是我的詩
我袂曉寫美麗的字
只好共
落落來的花
寄予你

這馬，我學寫詩
毋敢寄予你
將紙拆破

當做花
送予水

燭仔花

越頭看你一眼
無講的話親像花
開甲滿四界
欲藏去佗位，予你揣？

欲藏佇暗暝的裙裾尾
烏暗的色水
掩崁思念的重量
你干焦看著，阮擛懸的手勢

阮是一隻暗光鳥
借月娘的光
你看阮的眼神
毋免傷詳細
日時，阮會飛懸　飛低
暗暝，阮干焦想欲
做一蕊燭仔花

所有的蓮花攏佇暗暝離開水埤

所有的蓮花攏佇暗暝
離開水埤仔
讓風邀請月娘
佇葉仔頂面
唱歌

所有的蓮花佇日頭出來的時清醒
用芳氣
標點月光袂記得分逝的
詩

所有的蓮花
攏佇芳氣散盡了後
結一個蓮蓬
有一粒蓮子
會恬恬等
等一千年

無名草

你只要恬靜
親像無源頭的水，不起波浪
無色無芳無觸覺
蜜蜂搧動翼股的聲猶袂入耳
你只要用憂愁
阻擋
欺倚過來的衫裾尾
莫予伊焘（tshuā）走

這片水色終其尾會
沉落爛塗底
適合密居
佇無人知影的熱天
你會回魂
回到水岸
重新經過一擺死亡

1. 用「搧」暗示「煽」。
2. 用「欺倚」代替「攲」暗示不懷好意地靠近。

雨停，聽雲

寂寞的雨，規暝
無停，訴唸
離開土地傷久的哀怨
唸成長長的娘仔絲
掛佇矸簷（gîm-tsînn）
紡做一領網，網暗暝
無人行踏的街路
無人相會的橋頭
網一个拍袂開的夢
夢一个袂閣見面的人

雨停，夢醒
天拍光予我看明
街路本來就是過程
橋只是風景

寂寞會變淺淺
淺　淺的一蕊雲

娘仔絲～蠶絲。
矴簷 gîm-tsînn 屋簷。

古井的心事

深深的心事
是冰的溫度
總是日頭毋肯
走落二十米深，問一聲
阮的心情

每暗月娘來叫門
用冷的光
想欲焐燒阮的心
雙面冷鏡相看
也是冷清清

相思是沐著水的青苔
將阮的心事寫佇伊的身軀
用一百年的時間，沓沓仔湠生
想欲湠出井口，問日頭
佇當時會來坐

秋雨的山頭

落袂煞的秋雨
是熱天欲走的跤步
陣陣的霆雷聲
是秋天坐的馬車
規暝佇窗外
交接季節的熱度

天光，冷風入來相借問
昨夜的夢
敢有熱天留落來的溫暖
疊一領薄衫，徛蹛窗前
看秋色漆佇山頭頂
一字「愁」的表情

【輯四】

陶埕花開

下晡，日頭軟軟
陶埕有花，開甲滿樹紅紅
小花紫薇，含笑粉妝
結子累累，傳家傳宗

有女子入室，眉開眼笑
兩人雙手，合齊舉案
敬天敬地敬父母
敬月老牽線
今生有伴，雙人相焉
看山看海，看恁的世界

有時，越頭看
陶埕四季有花開
種花的人等恁
轉來，啉茶

將軍棉

人講將軍挈刀食重鹹[1]
棉花看像軟泩[2]毋驚鹽
苦汗沃落就開花
海風搧著面反白
黃花轉紅後結繭（kián³）
結繭的棉鈴將心事
一絲一絲
沓沓仔牽
牽做一蕊一蕊的雲
將白雲疊疊（thia̍p）咧
嘛親像井子跤的小鹽山

提寡雲紡來做紗線
紗線牽橫牽直織被單
新被單予大家大官[4]相替換
捧（phóng）一堆雲拍棉被

一床欲做小姑的嫁妝
一床予小叔鋪眠床

棉弓仔彈（tân）損槌仔拍[5]
一首《拍被歌》唱到冬天煞
海風滲過田岸
厝瓦若欲掀蓋
佳哉有一領棉積被通擋寒

免搭棚　免遮日
年年開花發新穎
將軍早就水流逝
棉仔釘根種傳種

1　臺南將軍區是清將施琅的墾地，是目前臺灣上大生產棉被的所在。
2　軟弱。
3　棉花初開時是淺黃色，授粉後變作粉紅色，結綠色迻果棉鈴。《梁書・高昌傳》記載：其地有「草，實如繭，繭中絲如細纑，名為白疊子。」
4　公婆。
5　「綿弓」mî-king 和損槌是將棉花拍鬆拍膨的工具。

棉花的祝福

棉仔花是蹛佇塗跤的雲
無嫌海口風大
無嫌田地燥焦
恬恬仔牽絲
牽做圓圓的花蕊
祝福欲做新娘的妳
珍惜眼前的伊

祝福囡仔序大
用綿一綿一綿的軟絲
共 in 攬牢牢（tiâu）
白白的雲
做馬車
每一暗
載逐家去有夢的所在
每一个夢

攏婧一婧一婧

每一个夢

攏甜一甜一甜

臺南將軍區的「苓子寮」較早叫做「棉被窟」，早期臺灣拍棉積被的師傅，十个有八个來自「苓子寮」，為著保存逐家對傳統產業的記智，「苓和國小」共無使用的教室改成故事館，社區發展協會將棉花當作苓子寮的文創品，有「小寶被」體驗，嘛請人設計作新娘的捧花。

冬節，寒未到

冬天日頭的手，
伸過樹葉的縫
蹛玻璃頂懸畫
一幅圖

面向枯枝的女子
用春天的溫度
透濫黃昏的色彩
一點點仔紫色
一點點仔金黃
予伊的目睭搧震動
搧出燒燒的芳氣
團圓的記持
幸福的滋味

你是阮的春天

愛等偌久，你才會發現
我的青翠是因為四月的天氣
愛等偌久，你才會知影
風毋是因為思慕
才來遮探頭
伊原本就愛風騷
我是伊閬過的景緻
因為阮無芳無媠

阮覕佇遮是因為你
因為　你是阮的春天

畫梔子花

春天的砛簷（gîm-tsînn）跤
有芳氣來啄窗
啄醒陷眠的人
千迴百轉的前世
被敨放（tháu-pàng）

花開無聲　花謝無辭
年年來窗外
答謝
紲手沃花的恩情

花開一季　葉蔫（lian）一冬
掩入塗底　閣等明年
阮是短暫的芳氣
等你用筆畫

畫出花開時
袂謝袂蔫永遠的春天

春天，梔子花（ki-á-hue）開滿滿，芳氣滿廳，畫一幅圖留落花的芳味。

無色之花

準講，一蕊花就是一个女人（jîn）
有的開向日頭
有的開佇暗暝
按呢，一定有一蕊
只開佇恬恬無聲的
牆圍仔邊

準講，所有的花攏有家己的色水
有的紅，有的白
有的身穿五彩衣
嘛一定有一蕊
毋免水粉胭脂

無言花

將欲寫的批，掛佇樹椏
一萬字會使編做幾首詩？
幾首詩會使代替
無寫出來的字？

寫佇樹頂的字
會恬恬飛落塗跤
有人看過
無人讀過
仝款葬做伙
一堆字的屍體

花佇樹頂㴙人目
花落樹跤隨人踢
自頭至尾
無聲無說

椏→ ue，枝枒。
㴙→ siânn，引誘。

落雨天最後一蕊七里香

斟酌聽，是啥人佇遐
唱一首哀怨的歌
有聲無詞，只有滴……嗒滴……嗒
親像叫伊的名

伊是無越頭的人影

毋管歲月凌遲
風霜佇目尾刻字
雨聲叫醒暗暝
路燈跤的花蕊
雨水送走七里的芳味
賭最後一片
挽牢樹枝的相思

一欉七里香（hiong）佇落雨的暗暝，落規塗跤，最後一蕊抑是真倔強，毋願離開樹枝，芳氣嘛毋願消失去。

熱天

日頭用風紡出金色的光線
艛過樹葉仔，落甲規塗跤
覕佇樹頂的蟬，一聲哀啼接一聲
怨嘆一生短命

有時風有時雨，有時親像火燒埔
潭水消退又閣漲起
雲滾絞變來變去
一時像飛龍飛上（tsiūnn）天
一時像仙女換彩衣
飛懸飛低共山覕相揣

熱天，
鳳凰花抹胭脂
規身軀花紅葉青
等風來，梳頭鬃

西北雨拍落紅花做地毯
毋甘願，
明年閣再開花
滿欉紅

軁——穿過。

鳳凰花

火焰已經漸漸熄落
留淡薄仔熱度
交予抾花的手
編一隻尾蝶仔
夾佇冊內底

日後，無張持掀開
熱天的蟬聲響起
叫來規山谷的雨水

因為毋甘放袂記
尾蝶飛來飛去的熱天
阮逐冬
用花獻歌詩

燈仔花

籬笆外口，掛一排鼓仔燈
熱天的日頭插電了後，逐工
紅葩葩
替蟬照歌譜

覘蹛樹頂的樂手
透早到暗暝
用高音的歡喜，講
七年一改的出世
燈仔花喙開開
那聽那衲舌
原來年年來演奏的
攏毋是仝款的樂隊
窮實，今年佮舊年
規排燈仔花
嘛毋是仝一蕊

舑 tham：伸舌。

以早庄跤厝，用燈仔花做籬笆，囡仔挽來准做花籃、鼓燈，扮公伙仔。

懸山之花

佮岩石相爭
爭一絲絲仔縫
欲做上媠的花
就算無人看
嘛欲暴穎發芽

霧遮甲阮看無遠山
風吹甲阮毋敢大葩
細細的花蕊相倚（uá）
倚做一片五彩的山屏

阮就是欲開甲滿山屏
予（hoo）人看著阮
阮是臺灣的花
守佇散赤的土地
免沃肥／調椏
開謝攏感謝天地

一欉開花的樹仔

我畫一生上媠的妝，等
你恬恬行來面前
相看無語

毋免講話
你會知影我的心意
滿樹的花是我寫的詩
飛落塗跤，提來編
紅色的尾蝶，鋏佇冊內
等日後，翻開時
就有詩句輕輕仔飛

飛出來的詩句
是當年恬恬相看時
你目睭內
閃爍的愛意

水照花影

我寫佇水面的字是天機
橫的是我　直的是你
正爿是喜
倒爿是悲
水影振動時
喜轉悲
悲轉喜
世間的情人攏咧等待
恬恬佇水底
等有一工
葉莖出水
花開雙蕊

花開的聲音

一陣風過，花開的聲音
佇街頭巷尾
輕聲議論
猶未到的是
畏寒，毋敢拍開花穎
抑是，欠水粉胭脂
猶佇鏡前躊躇

半開全開的花
綴風拍噗仔
邀請覕蹛葉裓
細細的花穎
免歹勢
每一蕊花攏有伊的色水
每一種色水，攏是春天
等下一陣風來
擛頭，徛出來

【輯五】

佮死神行棋之一

圍棋

每工，我佮死神行棋
陰陽對決
佇天圓地方之間[1]
順氣線向前[2]
意圖一點、一點，
攻佔四季[3]

我向（ànn）頭沉思
對節節敗退的人生
舉棋不定
無定著，我應該詳細思考，
欲戰還是欲和？

奈何死神毋肯參詳

伊看出我無佈兵陣的空縫
準備出手封殺

神哪！您為何觀棋不語？

---

1 圍棋棋盤為方，棋子為圓，棋囥佇棋盤頂，是「天圓地方」之意。棋子分黑白，代表陰陽。

2 共棋子直線相連的空白交叉點叫做氣。當遮的氣攏予對方棋子占去，對方的棋子就無「氣」，愛對棋盤頂提掉。

3 棋盤分作四個象限，代表一年四季。

佮死神行棋之二

象棋

每工，我佮死神行棋
一場生死局
我無學過
兵法，可以破死關
我出「車」，是因為想欲徛上玄妙之地
看對手按怎編排奇局
我出「馬」，是因為它走八方，
帶我奔跑戰場
我出「兵」，是為著反駁荒謬的旗語
有時放「炮」，是點戰火欺騙敵人
「仕」，佇局邊恬恬
「將」「相」攏咧休息
我不求戰，只求安息

神哪！我的一切都在祢的手裡

浮塵眾生

清冷的冬雨沃佇街路
路燈迷濛
樹葉頕頭
每一枝拍開的雨傘
遮一个勞苦的身影
大千世界　浮塵眾生
有人向東　有人向西
攏是為著三頓

踮佇窗內　無風無雨
全身滾絞　痛疼運行
小周天難入定
一粒浮塵　暫歇
往東往西　等神決定

攏是浮塵
雨中來去如影的靈魂
攏是浮塵
被縛病床徒袂動之身
向望浮塵
會使起身
回轉大地
完成一生

踮病房看窗外，雨中來來去去的雨傘，病房內袂得振動的身軀，攏是勞苦的人生。
按照瑜伽學的講法，人的身軀是一介「小周天」。

坐看雲

行到無路，坐落來
看雲
有形無翼，慢慢飛
飛來眼前，恬恬陪
陪阮恬恬想，人生的宿題

雲慢飛，飛過山
光入林，照身影
流光照路
路無平坦
坐看雲，抑是閣起行
問樹頂鳥隻
無應聲

老梅開新花

歲月無情流逝
留下彎彎曲曲的表情
留下一身軀的必痕
留踮世間看熱　看冷
看一年舊　一年新
看富貴　散食
若像天頂浮雲

年年有風有雨
總是上蒼致意
若是寒到無話
就來開花
共世間報一聲
冷到底
就大地春回

佇夢中跳舞

熱天的夢到冬節猶未清醒
佇金黃色的，樹林深處
飄滿風彈奏葉仔的琴聲
華麗的 C 大調
跳舞的節奏

夢中，一人展開雙手
牽風的裙裾尾
踅半圓的華爾茲
惹雲怨妒的眼光
將光遮去
叫雨來

雨拍落的金色樹葉
為我掩遮
猶是欲跳舞

用烏雲做背幕
旋出上䗍的跤步

好日子

你問我最近好無？
無畫圖讀冊
每工食飯啉茶
佇窗內看雲搬戲
無想將來，無想過去

時常一个人
綴一蕊雲
佇山路趖來趖去
雲軁過竹葉
向海的方向飛去
我的路彎彎斡斡
袂記得終點佇佗位

我誠好，免掛意
每工攏是好日子

看雲
聽雨
等暗暝

【輯六】

回鄉

山路坎坎坷坷
跤步起起落落
盤過山　盤過嶺
遠遠山頭的厝瓦
阮的老厝踮佇遐

無論離鄉有偌遠
無論山路偌歹行
我總是愛轉來遮

轉來遮
聽溪水嘻嘩流過
看蝶仔花恬恬吐氣
阮喘氣有花的芳味
阮流的汗水有溪水的清甜

好朋友佇蹛梅山，共伊去山頂向遠遠的山跤看去，伊指遠遠的所在，講伊兜住佇遐，一時真感動，寫詩作記。

雲水做伴向海行

對阿里山脈飛出來的雲
一路看著啥？
敢有看著冷水杉仔的落葉？
一層一層崁佇出水的山壁
予山水勻勻仔累積
積出一港忍袂條的流浪心聲
一路唱向西爿的海岸

雲一路看
阿里山的小火車
佇鐵枝路頂懸，拚力
向兩千外公尺的櫻花林駛去
向三千外公尺的雲海駛去
行過活千外冬的彼欉
老樹跤　一聲招呼的呼噓仔聲
叫醒山內盹龜的花眉仔

一陣一陣飛去樹頂金金看

雲嘛看著
怪手挖開岩壁的外衫
將路開較闊　引入閣較濟的車
雲毋甘聽山沉深的哀怨聲
飛出層層疊疊的山
來到觸口
看八掌溪鑽出塗跤

雲靜靜聽八掌溪唱歌
看伊綴天頂的日月雲變化
有時黯淡　有時像明鏡

雲佮溪水做伴
安慰毋反頭的溪水
免煩惱溪水是滿抑是焦
水是上善者
收落葉收塗砂

收人放捨的物件
一路順勢寬寬仔行
行到大海
天地自然會變闊

嘉義城

用桂竹圍城，開東西南北門
東爿諸山羅列，西爿草原莽莽
遠遠的所在有海，
平埔族鄒族守佇遮
用雙手開墾，種薑種筍
種一代傳一代的向望

埤塘有魚，山跤有鹿
飲水佇相思仔樹林邊
男耕女織，歇睏佇弓蕉樹跤
透早日頭照光，暝時月娘照暗
總是快樂知足的土地
神賜福的所在

春天行到八掌溪

你若春天來桃城
請來八掌溪邊寬寬仔行
溪水清清，風輕輕
彌陀寺，聽梵音
沐浴佛陀菩提心
白鷺橋頂賞風景
水面如鏡映月明

你若春天來桃城
請來八掌溪邊聊聊仔行
白雲天，日頭光焱焱
金色風鈴一大坪
軟枝黃蟬滿溪岸
坐踮樹跤恬恬仔聽
百花合唱春天的歌

割稻仔敬天

一粒種子落塗，
就向望一片金色田園
稻青出塗，就伸手向天，
每工唱呵咾的歌詩
感謝日頭月娘
賜下勇氣，免驚風颱淩治

稻仔飽穗就頕頭
向土地行禮
感謝黏塗釘根
予 in 徛在在
感謝烏塗溫暖
田水甘甜

用挲草的雙手
割一把稻穗

敬天
用拍粟機拍落滿滿的金色種子
請日頭鬥相共
連紲好天
粟仔入倉
供應每工三頓
養足氣力
歡喜有福做作田人

等日頭長過暗暝
閣再掖子
閣再巡田水
收成時
閣再割稻仔感謝天

田水等雲來照鏡

稻仔入倉，田地歇睏
紡過的塗軟歁歁（sìm-sìm）
白翎鷥歇佇樹尾頂
路燈等欲用電火
替慢慢暗去的日頭
共田園照路

軟塗深掘，予根徛予在
引入田水，提稻秧來栽
每工勞苦，暗唸祈禱
春水毋好傷凍
稻穎才會大欉
向望好年冬

日頭疼惜做田人
將熱度寄踮雲頂

溫溫仔敨放

田水等雲來照鏡

滿天雲彩

金鑠鑠

婧噹噹

做田的阿伯嫌機械紡的塗無夠深，擇鋤頭整理一遍，整理好的田地放水等欲播稻仔，黃昏時，彩雲滿天，映佇水面，一片好風景。

柑仔園的勞動者

霜降後，立冬到
日時短，暗暝長
滿山柑仔圓滾滾
樹跤攑頭斟酌揣
佗一粒予日頭曝上濟
佗一粒毋驚暗風冷冷仔吹
忍受日曝佮風吹，將酸變作甜
是柑仔一生的宿題

有時跁樹有時離樹椏
一支鉸刀一日愛剪數千回
一粒柑仔一粒汗
粒粒汗水寫入塗跤
田頭土地公恬恬仔看
一字一字攏是認命

修枝薅（khau）草等開花
掖肥疏果是工課（khang-khue3）
春夏秋冬日日過
向望椪柑豐收好冬尾
柑仔敬神是好物
祝福買著的人大吉利

阮的辛苦神看在眼內
年年叫柑仔花照時開
阮嘛會用釘根的心情
永遠守護這座羌仔崙

挽茶

總是愛透早出門
佮山約會
山頭的土地公替阮看顧
一陵一陵的山共一蕊一蕊的雲
不變的日出
永遠的茶園

遮日的瓜笠仔，
予阮專心選茶穎
幼芘的長度
做上好的茶米
長手䘼的花衫共茶園染色
予茶葉袂寂寞

肩胛揹茶籗
一手掰　一手挽

挽青翠佮芳味
挽予滇滇滇
予茶園主人歡喜

有人唱歌有人相褒
挽一穎囥入喙內
日子是舌頂面的氣味
澀澀甜甜

幼葚 chí^{n} ＝嫩。
長手碗＝長袖。
茶簣 tá^{n}-khah ＝茶簍。

九畹溪綠茶

撦雲做傘，用霧梳妝
蹛佇一千公尺的山頂，
不染紅塵
發（puh）青色的穎，像蓮花指
借滾水解破
焦澀無味的人生

沉落的穎
化做觀音手中的淨瓶水
一甌青翠
順順仔啉
就會鼻著天地的芳氣（khuì）

朋友送的茶米，是中國長江的青茶，有特別的芳味，沖泡時，茶米會跳舞，一葉一葉徛起來。

臺灣烏龍茶

落雲　降雨
用天地靈氣
賜滿山青翠
山氣護身，
青龍吞霧，
天地唯我獨尊

亢龍落地，
火煉；練忍（liān jím），
收束奢颺（tshia-iānn）的青翠
拗輾；練謙卑，
收束苦澀的怨氣

潛龍勿用，入甕底，
等火氣消退，
換烏衫出甕，

用燒水洗心，
洗出紅色的，金光氣

紅色茶湯替你解渴、解鬱
解昨暝的燒酒味
一杯落喉
予你神清氣爽
親像飛龍上（tsiūnn）天

用茶交陪

啉茶
啉一喙茶
啉一甌春天的茶
啉一壺山的青翠
啉一陣雲霧的清甜

免問火氣
免問地理
免問偌濟錢
這甌茶
是天地賞賜
燒熱寒冷有順時
是透早透暝做茶的汗水

請啉茶
啉落喉等回甘

就會知影

阮是用茶佮恁誠意交陪

寂寞的鳥仔

你敢會變做一隻寂寞的鳥仔？
踮空中飛來飛去
看田裡的稻穗
毋敢啄一粒，安慰飢荒的胃
佇水墘行來行去
毋敢啉一喙，解破焦渴的喙舌
這个世界無留一塊清甜的土地
予你歇睏、跳舞、生養後代
這个世界無留一片無味的空氣
予你毋免煩惱唱歌的時
無細膩來昏去

你敢是最後一隻厝鳥仔？
你是毋是已經會曉分別
殺草劑的氣味
你是毋是已經學會曉禁氣

你是毋是已經淡薄仔慣勢
這个世間的無清氣
所以，佇所有鳥仔攏失蹤的
天頂，干焦你猶佇遐
飛來飛去

空氣汙染嚴重，有時規個月毋敢開窗仔門，連鳥仔聲都越來越稀微。
有時去庄跤看人噴農藥，心內真艱苦，好收成才有法度飼一家大小，才會繼續留蹛庄跤種田種菜，人生是困難的選擇。

敢會落雨？

雲漸漸沉重
山漸漸退後
大地準備接雨水
洗春天無紮走的花粉
洗冬天沉底的鬱悶

春天已經相辭
熱天欲來相見
需要一陣雨水
洗去為你抹的胭脂
無結局的一齣戲

洘旱的祈禱

時間是風吹過草葉的聲
一陣來，一陣去
青葉變黃，芒花變白
塗面有水離開的跤跡

時間是恬恬無聲的手
拗斷樹葉蓊密的青春
只賰枯骨
聽候，雨水

聽候落大雨
上好是暗暝
眾聲恬寂
鳥隻入岫
雨水淹來岸邊
魚仔來草裡藏水沬

上好是日頭出來時

雨聲恬寂

鳥隻出岫

白雲滿天

岸邊的果子犁頭

感謝天

規個熱天攏無落雨，仁義潭見底，向望天公落寡雨水，解土地的乾渴。

洘旱——乾旱。

犁頭——低頭。

黃昏雨

積了規工的委屈，總算有風瞭解
替阮拍開束縛的橐袋仔，將目屎倒出來
大聲吼，細聲哭
焦澀無情的塗跤放阮四界流

啊！原本熟似的柔軟土地
當時穿一領鐵甲？
予阮迵（thàng）袂過
啊！原本熟似的草埔
會輕輕將阮接咧，才放落
何時變做四四正正的石枋
予阮揣無縫，卸無路

委屈換做心疼
心疼無話
只有恬恬積佇塗跤

隨在囡仔沌踏
換一蕊一蕊歡喜的笑容
換一踏一踏無憂的舞步
黃昏雨化做筆水
予細漢囡仔寫詩

等大漢
毋通嫌雨水澹滴
人生的天氣，本來
有好天，嘛有落雨時

鰲鼓溼地

甘願做濕地
毋願做大海
留一點仔土地予雁鴨仔孵卵
留一片五梨跤予暗光鳥歇睏
留一排欖李予白翎鷥做眠床

海茄冬開花結子
會綴水徙位
水筆仔袂曉寫字
干單會曉照鏡
海水甘願做鏡
予樹仔袂孤單

北港鐵橋

用五分仔車載甘蔗的甜味
載 kōa^n 楹籃欲去進香的男女
載一車青春少年時
讀冊迌迌的記持

臺糖鐵橋是 hâ 蹛北港溪
一條予時間切斷的腰帶
毋知當時會使閣聽著
硞～硞～硞的火車聲

---

kōa^n 楹籃——細漢看人進香攏 kōa^n 一種用竹編織的提籃，叫做楹籃。
hâ 蹛北港溪——鐵橋像束在八掌溪的腰帶。

【輯七】

樹的哀歌

你一伸手
就鋸斷一欉樹仔
疼！
阮驚惶　喝聲
飛！
所有的鳥隻攏展翼（sit）

鳥群　飛上天頂
看阮的兄弟
一个一个
墜落死亡深坑
矮欉的樹椏被砉斷
您用落葉的哭聲
替阮的兄弟送行
阮　大悲無聲

這齣殺氣騰騰的劇場
阮只是一个布景
阮是予人棄嫌的曲痀
你嘛是予人控制的傀儡（ka-lé）
鐵的身軀無的確嘛有柔軟的心肝
等撩柴的人落山
你共阮的疼
攏交予露水
沃澹規粒山

蹈山的時陣，看著一臺撩柴機。
蹛草堆裡面已經生銹，有感記寫。

柴門

扛袂起一間厝的重量
瘦薄的身體恬恬
徛佇風飛沙的路邊
看黃昏的跤步
行到月娘出來
聽風的影跡
趖來趖去
無人揀開暗密的門
無人拍開門絚（ân）的窗

你用一粒鐵鎖
鎖絚阮的下半世人
你毋捌寫一張批
予信差窒入門縫
只有
日頭用光刻年的記號

露水用溼氣染烏仰望
風有時軁入去偷看
看阮見笑的老病殘
阮只好
用一條鐵線絞予死
你若轉來
也拍袂開

鎖著的門、破空的窗，是無人住的老厝，門縫誠濟批，寫批的人甘會轉來？

老厝

我將時間寫佇柴格仔窗
一格一格的日頭
一格一格的月娘
陪袂閣拍開的門
恁攏走囉
共我留落來
落漆的日子愈徛愈長

有一棧，恁以為
思鄉的目色
會使用新高山（san）代替
但是固執的夢一直
毋肯放過
恁只好將彼座山（suann）搬過來
貼佇我的身軀頂面

富士山的雪真冷
無人摒掃的身軀真齷齪
只有無張持走入來的跤步聲
佮阮招呼
啊！你猶佇遮

嘉義是三百年的老城，日人仔時代有足濟日本人住佇遮，老厝的壁仔壁有日本富士山的彩畫。

落葉的願望

所有向天的樹葉
攏向望落落塗跤
回歸大地，化做春泥
做新穎的肥底

阮是無法度沉落塗的
葉仔，只有予日頭曝焦
了後，化做烌
一生消煞
只賭微微仔的怨嘆

阮只好向望
予鳥隻咬去做岫
按呢嘛倚著一个家
看鳥仔囡出世
看母鳥飼嬰（inn）

1950 年，臺灣發生痲瘋病，當時認為是一種傳染予下代的病症，予人集中到樂生療養院的人，會予人結紮，袂使生囝。

戲臺人生

你蹛臺頂搬演別人的人生
我蹛臺跤看你啼笑的眼神
臺頂臺跤的劇本
佗一齣才是真

風波是人生的過程
有哭有笑有愛有恨
才子佳人總是痴情
劍山刀海的江湖
嘛是會拄著真心

用相機翕你轉身
落臺，換衫
換回原聲
共囝攬佇胸前

前臺　鑼鼓拍袂停
後臺　風雨恬靜

看范毅舜先生攝影集「野臺戲」有感。

翕相

翕相（hip-siòng）是
風、火、水、土
相佮的緣份
若是有風
換（uānn）影做實
若是有水
看花照鏡
有時焰日，有時陰天
日頭衝（tshìng）塗有燒氣
雨水沃塗失色水
調整光線，調整色盤
用相機畫圖
毋甘願天地只有一種
眾人看著的顏（gân）色

我心內有無法度畫出來彼筆
有光迵過的紅

有水黗（tòo）著的青
我無愛予人看著的倒爿
攏需要用指頭仔調整

若是
用光照彼粒目屎
是欲予你知影
花蕊遇雨
無人掩遮的悲哀
若是
鑢烏卡遮光
是欲予天地
攏仝款看會清明

毋過，你若是干焦看
我翕的相片
恐驚對世界
只是一場誤解

相機發明至今，誠濟科技的方法會使改變翕相的效果，若不是佇現場，恐驚攏會予化妝過的畫面騙去。

萬物皆同

透早的雲佮黃昏的雲
色水無仝
攏是水化成
天頂的鳥仔佮水裡的鳥仔
空間無仝
攏是羽毛護身

飛得懸無等於佔有天界
徛踮塗跤無必然卑微
只有驕頭的人啊，指著天
罵田中的稻仔
哪毋向頂懸飛？

為著年金改革，社會無共階層的人互相怨雎，實在是島嶼的不幸，
這個島嶼需要士農工商合齊愛護，無必要分你我。

綴阿母去菜市仔

阿母無讀冊
袂曉寫家己的名佮姓
袂曉讀批
袂曉號名算筆畫
伊叫我，未嫁翁，著愛學款厝內
做新婦，著愛會曉算飯菜
毋通會曉算，袂曉除
糴米換番薯

我佮阿母去菜市仔
綴伊踅來踅去
伊講，虱目魚搴鹽煎予赤
較贏食龍蝦
伊講，芹菜芫荽
仝款青翠
一款留葉，一款留骨

無仝用途取無仝材料
抰使烏白鬥

茄仔曲曲，免削皮
菜豆仔長長，愛捻絲
大頭菜愛刻皮
筍仔愛剝殼
菜頭焐排骨
芋仔煮米粉
六角菜顧胃
苦瓜退火
白菜參扁魚翕予軟
蔥仔切珠好煎卵

伊買西瓜，請頭家破開
教我看
歹瓜厚子，歹人厚言語
我恬恬聽，毋敢插喙

伊買一領印花大紅衫
配烏色兩幅裙
懸踏鞋二寸半
予我上班通替換
予人呵咾我妝娗真好看

我問阿母
風颱天，菜遮貴欲按怎過日子
伊講
好天愛積雨天糧
破面桶貯塗種番薯
番薯葉上止飢
蕹菜插骨就會活
菜瓜旋藤食一季
菜頭菜尾提來豉
逐工攏有好滋味

我呵咾阿母踅菜市仔
踅出一身軀的工夫

贏過學堂老師教的冊
贏過孔子公一世人講的話

六角菜：秋葵。
兩幅裙：兩片裙。
妝娗（tsng-thānn）。
媽媽是一本活字典，逐項物件攏有伊的解說，有的是阿媽傳予伊的，有的是街頭巷尾學來的，是活靈靈的生活智慧。

火師的剪粘

風調雨順，
是仙指點化
鍾馗鎮鬼，
是雙手運功

隨緣不隨心
成佛？成仙？
成禽？成獸？
一切全是造化

神借火師的雙手
展示大千世界
佛、道、聖在緣到之時
自然完成
強求的時機
自然有風化解

時到、日到，自然和和氣氣
八家將送入有緣人家
十二生肖，自然排規列

火師講，
改，一時；歹看，一世
人生毋通嫌麻煩
無婧毋通見人
事事項項照起工
一生認真做一項
對人對神就無虧欠

國寶藝師陳三火的創意剪黏，已經到隨心所欲的地步，毋過伊講，伊的創作攏是「不隨心，是隨緣」，是按照提到手的材料隨緣創作。每一改的創作攏是有神的安排，一塊拄好出現的破研仔、破碗，攏拄好補著需要的空隙。
「改一時，歹看一世」嘛是火師的堅持。伊講修改雖然真了時間，毋過改好，心安。免得日後看著後悔。這也是一个好的創作者必要的自我要求。

六月雪

六月，炎日掛天頂
天無雲，神無明
看鬧熱的鄉親，請恁聽
被冤枉的竇娥欲詛誓

講身世，欲哭無聲
七歲予老爸用來抂欠數
賣身換借條
講伊欲上京
用功名來換乞食命
蔡婆買阮做新婦
仝桌食，仝床睏
十七歲完婚，兩年夫妻
新娘衫猶有芳粉味
翁婿就來過身去
竇娥毋敢放大家孤單一个
奉待伊若親生

孤弱女流，無田無地
只好用銀兩換利息
趁三頓燒湯，
換寒熱有衫替穿
大家儼硬，
催討散赤人銀兩無餘地
賽盧醫欠錢用心計
欲害大家赴陰司
命中註定小鬼現身
張驢兒出手救
大家才得脫身
啥知影，
是惡鬼送藥方

驚惶換觸纏
無賴漢，歹心肝
父子強入寡婦門
大家驚強變軟弱
愛阮順從
阮無愛沐著火烌粉

破衫嘛著清氣身
無恥小人，用毒害
欲害阮大家無成
煞害死家己老爹親
小人害人毋敢認
揀予女子做替身

伊告阮用毒害死人，毋承認
用錢買官對阮施酷刑
阮毋認，十指攏欲予絞斷
阮毋認，手指甕甲欲失魂
阮認，阮認，認天地不仁

天地不仁，
欺弱女子無爸無母無翁無囝
死，只是一隻孤魂
天地不仁，
飼虎飼狼飼無眼無耳無心無肺
官，只是一隻惡鬼
有錢判生，無錢判死
竇娥到地府，也欲向地藏菩薩討天理

挈刀的官差請聽我講最後幾句

我欲佇遐對天詛誓

天！祢著斟酌聽

刀落下，阮的血毋落地

天理不公

六月天也會落雪

用雪崁我清白的身體

用雪替我的清白講話

天公伯

竇娥冤魂有怨氣

欲予楚州三年無雨水

無辜的人受苦才會知

天地不仁，受委屈的人

有偌深的怨氣

六月雪是民間戲曲的齣頭，原創者是元朝的關漢卿，寫一個女人被曲打成招的故事。作者用戲曲表達官府貪汙有錢人欺負散赤人的社會。戲尾，作家用一場六月的雪來洗清竇娥的冤枉，毋過，竇娥已經被斬首囉，洗清冤枉猶是無法度換回一條人物。

祝英台的藥方

你的病好未？
我掛念你，

聽講你已經無法度落床
先生開了藥方，毋過
欠缺一味藥引
一直揣無
阮只好鉸斷一撮頭毛
寄去梁家庄

阮的頭毛絲佮你
捌相纏
佇學堂頭磕頭學吟詩
十八相送，
嘛有暗示
可是天意相創治

山伯英台愛分開

今日剪髮做藥引
一絲一絲補情天
情天難補
恐驚你猶是會離恨天

你若離恨天
是英台的偏方所致
恐驚會食官司
英台只好變做尾蝶飛去覕（bih）

梁山伯祝英台的故事是細漢聽來的，小學電影般演這齣戲，足濟人看規落攞。現在回想，寫一個孽潲的版本。

情人節的糖仔

逐家攏講今仔日愛送妳『巧克力』
予妳知影我有外愛妳
其實 in 攏予生理人騙去
阿啄仔哪會知影臺灣人的口味

我送妳一桶金含仔糖
用甘蔗的汁煉做一粒一粒
圓～圓～圓的糖仔　完滿的愛情
明年，我用甘蔗𤆬（tshuā）路
用有頭有尾的甜
予妳一世人歡歡喜喜

#【輯八】

等花開

鏡中影，水中花
幻境迷濛
鏡外千千萬萬真實
揣無一蕊入心

閒人看花婧
作田人看田水
你等花開
伊等結子

露螺

阮有寡慢
沓沓仔行
一寸一寸
綴光徙動
人生短暫
終點進前
吸寡花芳

花片像弓鞋

弓鞋像船
無欲去偌遠

你的岸
有法度承接偌濟重量？
留伊

等雨停

看蓮花的時陣，落落的花瓣（hoe-pān）親像古早的弓鞋，雄雄想起電影《桂花巷》，縛跤的查某囡仔痛哭（thàng khàu）的畫面。坐佇搖椅等待煞戲的女人（lú-jîn），回頭看一生，全是淚痕（luī hûn）。

透早的雲

透早的雲有昨暝的相思
等日頭出來
收去予草仔
做露水

石卦

誰（suî）能解破石壁頂懸的卦？

青苔掩崁
野草茂生
卦上之言隱形
在時間編織的善意
在世間雜噪的話語

光用暗影寫字

光（kng），不語
用暗影，寫字
問
煙波千里
落葉無聲
你有聽見？

水聲

春衫皺（jiâu）去
所有的花攏來告辭
慢來的雨
安慰孤獨的衫仔裾
用水寫
莫
莫
莫

簫聲恬靜
所有的星都轉去囉
銀河淺薄
河床用石鋪天路
排石成
錯
錯
錯

【輯九】

玫瑰

玫瑰暗透芳，㕭光來相探
閣婧無規工，望君記心房
毋免蝴蝶弄，甘願插花矸
恬恬頭犁犁，感謝愛花人

白鷺橋新詠

銀河寬闊歹迒過
牛郎織女難相會
好得百鵲來做橋
夫妻才得牽做伙
千年溪水萬古月
映照芒花白如雪
鷺橋若虹橫空過
地上情人橋頂會

嘉義八掌溪有諸羅八景「鷺橋跨浪」，鷺橋因為時代進步，已經改做紅毛塗橋，2018 年佇彌陀寺邊仔重起一座吊橋，模仿白鴒鷥展翅的形體，重現嘉義八景。

雨聲伴讀冊聲

暗風送雨入詩舍
濟濟一堂學唸歌
吟詩讀詞認古韻
喚醒百年讀冊聲

對忠義街方士祁醫師的弘仁診所邊仔門行入去，若像巷仔的空間，佇日治時代就已經是一个漢學堂。
方家的祖先是清朝桐城派始祖方苞，後人徙來臺灣，到國民政府時代有方輝龍先生做嘉義市市長，方市長嘛是「鷗盟詩社」的召集人，世代攏是詩文的捒手。
方輝龍先生的孫查某囝方婷婷教授，佇巷仔內推捒古詩吟唱，雨中聽著吟唱聲，特別有感，寫詩記之。

浮雲散

浮雲散，月出東山
東山月出，向西行
看紅塵，有人孤單
人孤單，望月相對看
看千古月，照人間
月照人間，天地仝款
天地無聲，只有浮雲
只有浮雲做伴

仿南管相思引調。

瓊花

瓊花只有婧暗時
天色若光就相辭
毋甘花蕊染塗味
花矸承水插花枝
望花再現好元氣
閣用芳味訴情意
花蕊犁頭暗傷悲
一生只等君一暝

仿歌仔戲調南風謠。

等花開

透早清風巡田水
鳥隻排隊唱歌詩
熱天等雲變雨滴
洗去炎熱換新衣
徛踮田邊等花開
今年猶原像舊年

後記

《我佇黃昏的水邊等你》創作之初是希望以詩帶路，吸引對臺語有興趣的人入門。創作的同時也做了幾場小型發表會，得到許多人的喜愛。有幾首成為作曲家賴品真帶領的合唱團教唱曲。

詩集的內容大都以嘉南平原的風景入詩，如《春天行到八掌溪》、《田水等雲來照鏡》、《割稻仔敬天》，部分短詩描寫臺灣的野草花，如《見笑草》、《刺查某》、《烏子仔菜》，有的是生命的體悟，如《佮死神行棋》、《老梅開新花》、《坐看雲》。

文字創作時，要求自己都能用教育部頒定的字，但是最大的困擾是很多人已經看慣臺語歌的代用字，不知道正確字的發音。最終我決定將這本詩集變成有聲書，邀請嘉義當地的臺文老師錄音，部分加上嘉義歌手陳書瑋的音樂做背景，把 QR code 印在書裏面，讓購買書的人用掃描連結到網路就可以聽到語音檔，書中並附錄作曲家賴品真老師的曲譜，可以讓臺語老師當作兒歌教學，也可以讓有興趣的人傳唱。

這樣的設計當然會增加許多成本，但是這是第一次結合嘉義當地熱心推動臺語的一群人的集體創作，彌足珍貴。

《我佇黃昏的水邊等你》這本詩集從詩文創作倒校對、朗讀、錄音、插圖、封面設計，全部是嘉義地區的朋友合作，也是值得一記的事。

本詩集扣除出版成本之後，全數捐給《幼穎兒童文學》做為推動臺語文的基金。

烏子仔菜

1=C $\frac{4}{4}$ ♩=132

詞 顧德莎

曲 賴品真

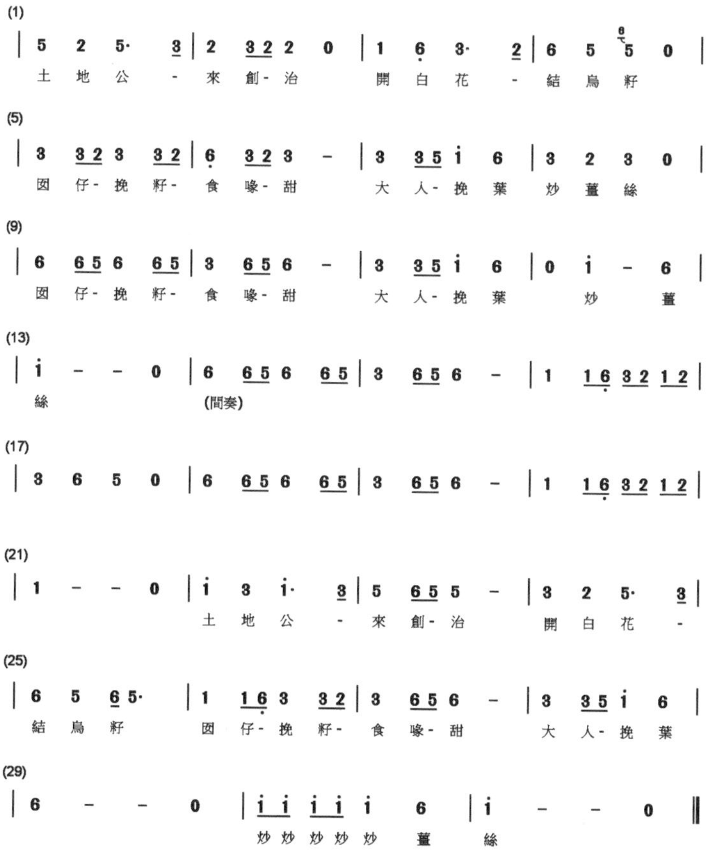

(1)

| 5 2 5· 3 | 2 3 2 2 0 | 1 6 3· 2 | 6 5 5 0 |

土 地 公 - 來 創 - 治 開 白 花 - 結 烏 籽

(5)

| 3 3 2 3 3 2 | 6 3 2 3 - | 3 3 5 i 6 | 3 2 3 0 |

囡 仔 - 挽 籽 - 食 喙 - 甜 大 人 - 挽 葉 炒 薑 絲

(9)

| 6 6 5 6 6 5 | 3 6 5 6 - | 3 3 5 i 6 | 0 i - 6 |

囡 仔 - 挽 籽 - 食 喙 - 甜 大 人 - 挽 葉 炒 薑

(13)

| i - - 0 | 6 6 5 6 6 5 | 3 6 5 6 - | 1 1 6 3 2 1 2 |

絲 (間奏)

(17)

| 3 6 5 0 | 6 6 5 6 6 5 | 3 6 5 6 - | 1 1 6 3 2 1 2 |

(21)

| 1 - - 0 | i 3 i· 3 | 5 6 5 5 - | 3 2 5· 3 |

土 地 公 - 來 創 - 治 開 白 花 -

(25)

| 6 5 6 5· | 1 1 6 3 3 2 | 3 6 5 6 - | 3 3 5 i 6 |

結 烏 籽 囡 仔 - 挽 籽 - 食 喙 - 甜 大 人 - 挽 葉

(29)

| 6 - - 0 | i i i i i 6 | i - - 0 ||

炒 炒 炒 炒 炒 薑 絲

牽牛花

1=C 4/4 ♩=124

詞 顧德莎

曲 賴品真

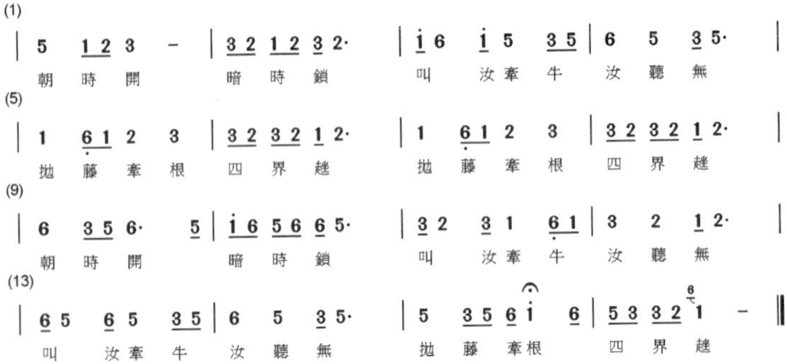

(1)
朝 時 開 暗 時 鎖 叫 汝 牽 牛 汝 聽 無

(5)
抛 藤 牽 根 四 界 � 抛 藤 牽 根 四 界 趖

(9)
朝 時 開 暗 時 鎖 叫 汝 牽 牛 汝 聽 無

(13)
叫 汝 牽 牛 汝 聽 無 抛 藤 牽 根 四 界 趖

蓬鬆花

1=C 3/4 ♩=66

詞 顧德莎

曲 賴品真

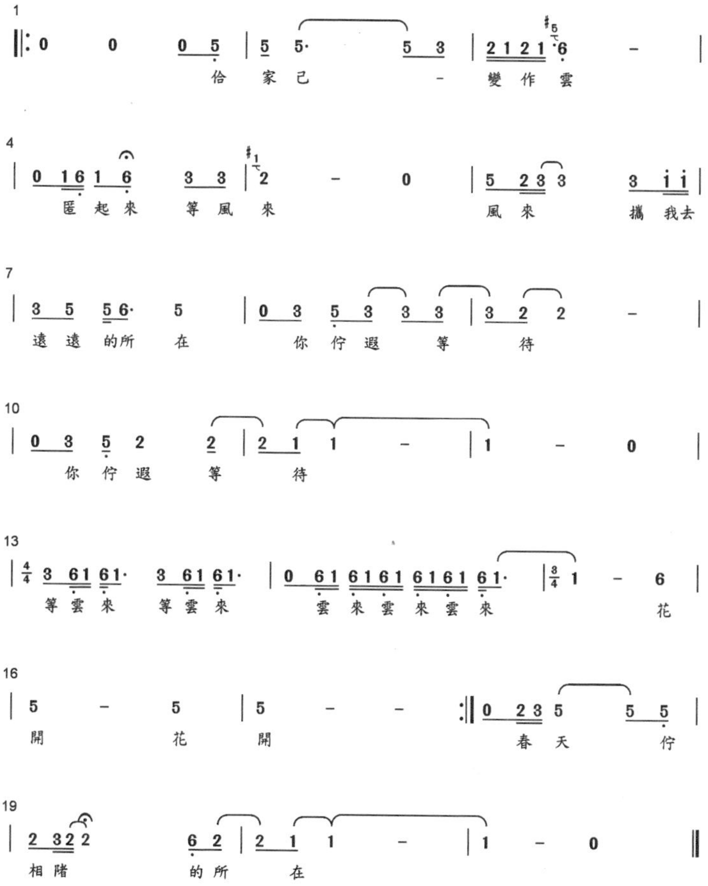

1

‖: 0 0 0 5 | 5 5· 5 3 | 2 1 2 1 #5 6 – |

佮 家己 – 變作雲

4

| 0 1 6 1 6 3 3 | #1 2 – 0 | 5 2 3 3 3 1 1 |

匿起來 等風來 風來 攜我去

7

| 3 5 5 6· 5 | 0 3 5 3 3 3 | 3 2 2 – |

遠遠的所在 你佇遐等待

10

| 0 3 5 2 2 | 2 1 1 – | 1 – 0 |

你佇遐等待

13

| 4/4 3 6 1 6 1· 3 6 1 6 1· | 0 6 1 6 1 6 1 6 1 6 1 6 1· | 3/4 1 – 6 |

等雲來 等雲來 雲來雲來雲來 花

16

| 5 – 5 | 5 – – :‖ 0 2 3 5 5 5 |

開 花開 春天佇

19

| 2 3 2 2 6 2 | 2 1 1 – | 1 – 0 ‖

相陼 的所在

情人節的糖仔

1=D 4/4 ♩=96

詞 顧德莎

曲 賴品真

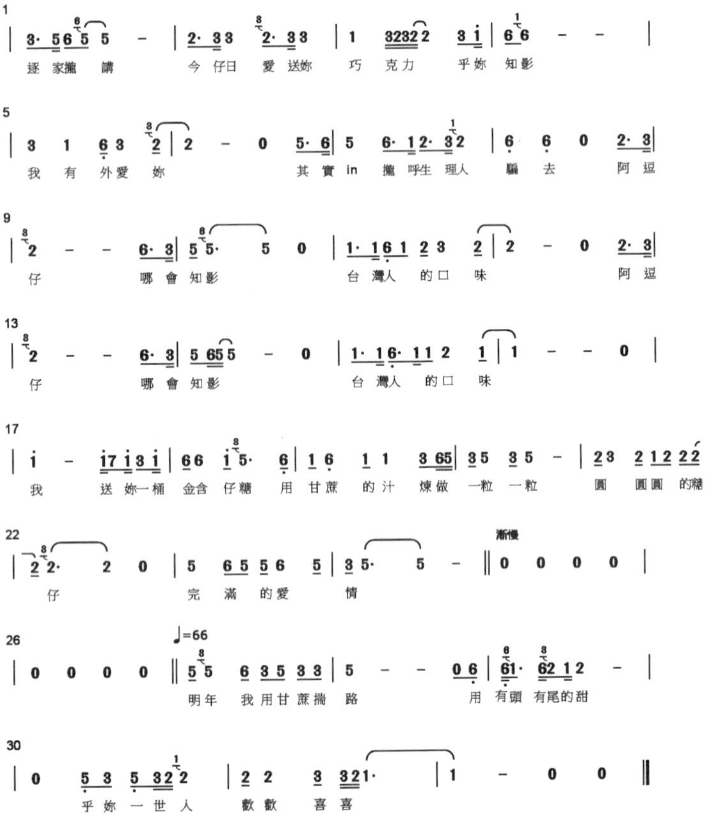

1
逐 家攏 講 今 仔日 愛 送妳 巧 克力 乎妳 知影

5
我 有 外愛 妳 其 實 in 攏 呼生 理人 騙 去 阿 逗

9
仔 哪 會 知影 台 灣人 的口 味 阿 逗

13
仔 哪 會 知影 台 灣人 的口 味

17
我 送 妳一桶 金含 仔糖 用 甘蔗 的汁 煉做 一粒 一粒 圓 圓圓 的糖

22
仔 完 滿 的愛 情

漸慢

26
♩=66

明年 我用甘蔗揣 路 用 有頭 有尾的甜

30
乎 妳 一 世 人 歡 歡 喜 喜

你若春天來桃城

1=C 4/4 ♩=100

詞 顧德莎

曲 賴品真

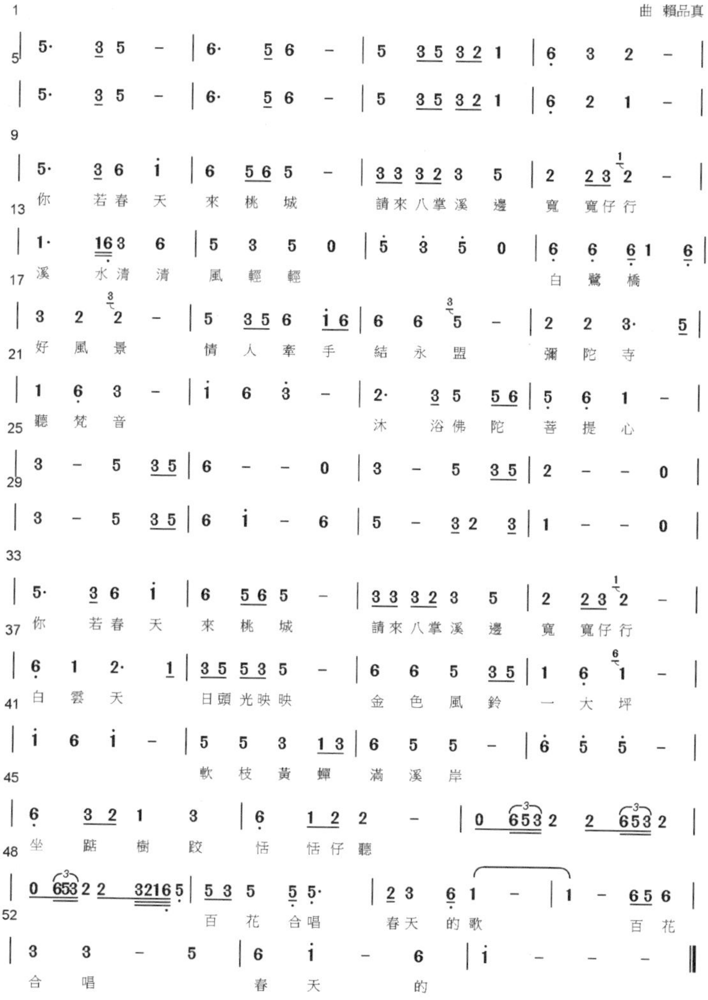

你 若春 天 來 桃 城 請來八掌溪 邊 寬 寬仔行

溪 水清 清 風 輕 輕 白 鷺 橋

好 風 景 情 人 牽 手 結 永 盟 彌 陀 寺

聽 梵 音 沐 浴佛 陀 菩 提 心

你 若春 天 來 桃 城 請來八掌溪 邊 寬 寬仔行

白 雲 天 日頭光映映 金 色 風 鈴 一 大 坪

軟 枝 黃 蟬 滿 溪 岸

坐 踮 樹 跤 恬 恬仔聽

百 花 合唱 春天 的歌 百 花

合 唱 春 天 的

國家圖書館出版品預行編目（CIP）資料

我佇黃昏的水邊等你 / 顧德莎著 . -- 初版 . --
新北市 : 斑馬線 , 2019.03
面； 公分

ISBN 978-986-97308-4-6（平裝）

863.51 108001977

我佇黃昏的水邊等你

作　　者：顧德莎
主　　編：施榮華
校　　對：董育儒、韓滿、林瑞崐、林孟璇
朗　　讀：顧德莎、韓滿、邱嘉琪、林瑞崐、林孟璇
編　　曲：賴品真
音　　樂：陳書瑋
封面繪製：吳靜芳
內頁插畫：官月淑

發 行 人：張仰賢
社　　長：許　赫
出 版 者：斑馬線文庫有限公司
法律顧問：林仟雯律師

贊助單位：國家文化藝術基金會 National Culture and Arts Foundation NCAF

斑馬線文庫
通訊地址：235 新北市中和區景平路 101 號 2 樓
連絡電話：0922542983

製版印刷：龍虎電腦排版股份有限公司
出版日期：2019 年 3 月
再版日期：2019 年 4 月
ISBN：978-986-97308-4-6
定　　價：300 元